告别故乡

边外 2007／2017 诗选

黎鸿凯 著

长江出版传媒

长江文艺出版社

谨以此书献给我的故乡起东荣。

# 目录

❙ 序

想我的故乡　1

❙ 写给故乡

山野的歌　7

春耕　9

寂寞的乡　11

一颗梨　13

祖父曾说　14

蹲着　16

熟睡　17

门　19

陌生人　20

恒星　21

鹅卵石　23

写在硬座车厢　24

哑口无言　26

我离故乡两百公里　28

给父亲　30

没有故乡　32

叹息，请不要叹息　34

长途　36

我的天空　37

迎接　39

无声　41

虎跳峡的水　43

冰冷的血浆流动　44

## ｜写给爱情

你知道的　69

秋天　71

秘密恋人　72

同一万个夜晚一样　74

狂奔　75

挂在黄昏的月牙　76

收获　78

沉没　80

梦见你　82

写在夜雨中　84

相逢　85

时间没有逝去　87

坠落　89

怒火　91

沉默　93

致爱神　95

空空如也　96

光　98

比黑夜还漫长　99

抽烟　101

隔绝　102

遗憾　103

## ┃ 写给我

我和我　107

承受　108

自由　109

死掉的眼睛　111

重复　113

虚伪　115

雄狮、天鹅和我　117

日照金山　119

拒绝　121

空洞　122

北风　124

石屋　126

又一个哮喘病人　128

死亡　130

噩梦　132

梦的历史　134

通宵达旦　135

守夜人　137

五月底　139

微小　141

虚度　143

枯萎　145

铁匠　146

写给季节　148

梦的墓碑　150

写在天台　152

## | 好友记

诗同故乡四季　155

在边外，轻抚故土原野的起伏　156

他写的是诗　157

故乡云烟缭绕　159

# ▍序：想我的故乡

要变成狗，自由地在大地奔走。

夕晒昆明，和往常一样，我快速地吃完饭出门，去省城西北郊的游泳馆划水。这是一天中最轻松的时间，公交车剩有余座，找一个偏僻的位置坐下，背靠着阴凉的座椅。车走走停停，街灯淌进来，倒有一番静谧的错觉。

城市无声息中吸附着上百万人的身躯，一座城市就是一块磁铁。无论是尾随生活，还是去引领生活，城市激发着和乡村全然不同的梦与真。不可逃避地，我们做了城市的奴隶，也都成了历史的奴隶、现代的奴隶。当城市夜色降落，遥远的村庄已经熟睡，一个人清醒下来，还是自觉是个异乡人。

我想起故乡的样子，她就像一口铸铁锅，大概100多户人家面对面分列在锅的两边。一边叫"大寨"，一边叫"小寨"，至于这"大"和"小"是怎么区分出来的，我也不得而知。整个村子只有一条弯弯扭扭的路与外界相连，村里村外人就通过这条路出出进进。直到现在，也还是那条路，只是泥巴路变成了水泥路。所以，十多年后，返乡过春节时，我写了一句"只有一条路，可以回到故乡"。

1992年的夏天，我在"小寨"一间瓦房里出生，那间房是父亲成婚"分家"后的第一个住所。母亲告诉我，那时还是木板做的隔墙，因为屋内烧柴火，墙上挂着黑色的浓油一样的烟渍。到后来，父亲拾来一些废报纸贴在上面作为"墙纸"，以免那些黑油粘到衣物上。离开故乡的时候我年岁还太小，仅记得家门口的核桃树、村中的龙潭水、稻田里的泥鳅、烤烟棚里用炭灰焖出来的外焦里嫩的洋芋……如今，只有老屋一把生锈的锁挂在眼前。

告别故乡，我一直在寻求真实的自己，寻求一种真实的生活，却常常活在一个人的虚幻中。想起在故乡时，我不是奴隶，也没有任何人是奴隶。所以，当有人要问我为何写诗，我会回答：离开故乡，我不得已——用脆弱的诗意来成全幸福，用尖刻的沉默来蔑视痛苦。我不是一个纯粹的诗人，只是一个写着诗歌的游子。

诗歌，对我而言是真正的现实主义。它会毫无保留地承接我全部的真实，就像一口缸可以装下水的狂澜和静谧，一只炉子能装下火的燃烧和灰烬。诗歌的真实感，甚至会让我感到生活的虚伪或者虚妄，日常的琐碎会让我感到生活有时反倒是一种隔膜。

幸运的是，青年时期还认识了一些写诗的朋友，我可以读他们的诗。他们有的是电力工人，有的是地理老师，有的是网吧管理员，有的是电器销售员，还有的是房地产公司的职业经理人……诗人并不是一种职业，而是一种生命状态。在灵魂苏醒、精神盛开时的许多个闪光瞬间，诗歌如一束光照耀活着的人。

从农村走向城市的一代代人，不都在不知觉中、不停地告别故乡么？离开故乡之后，我开始写诗。在接受和接受之间，在沉默和沉默之间，在冰与火之间，这十年间的诗歌写了故乡、自由、爱情、生命、生活和自我……就这样，我把这册诗集就叫作"告别故乡"，收录编选"写给故乡""写给爱情""写给我"三辑共70余首诗。回头来看，这些文字，源于生活的真实，也属于生命的虚无。

我希望我的诗歌是一把镰刀。作为镰刀，无论是锋利的还是钝口的，首先它必须是一件铁器。它可以承担收割的任务，收割温柔的、不愿示人的、赤裸的、严肃的、锋利的……全部来自生活的真实。

落笔的时候，阳台上新栽的葫芦已经发芽。它没有眼睛，却能攀附着窗外的围栏，还自己吐出丝来，一圈又一圈地缠绕在栏杆上，把自己悬在空中。来自夏夜的闪电穿过雨水时，我竟很期待这本诗集能够早日出版，就像期待秋天之前有几个葫芦挂在我的窗前，摇摇晃晃。

　　夜，是乡愁唯一的归宿。想故乡，想挽留故乡，但我无能为力。

边外（黎鸿凯）

2018年5月

写给故乡

## 山野的歌

六月，洋芋花遍野开，
已经是种苦荞的季节。
老农扬鞭吆马，
犁头破土，
划出一道均匀的线条。


农妇尾随之后，
把荞种一撮一撮地撒进犁沟，
她步子要紧密些
才能跟得上马蹄。


牧羊人把化肥口袋做成雨衣，
饥肠辘辘，走在稻谷的腰间。

羊吃草，他站在路边看热闹。

雨水来，

他站直了，

用肋骨来歌唱。

# 春 耕

那是很多个布着浓雾的清晨，
春光为山村披上辉煌的丝巾。


应着父亲爽朗的吆喝，
牛儿高一脚低一脚走在前头。
犁头翻开的土地冒着热气，
母亲顺手播下紫红色的种子。


到热烈的晌午，
姐姐浣洗的磨亮石板的手
送来米汤和饭菜。
日子，是一枚掉在枯井里的月牙。

雨水之后，田野顺着春光。

我和姐姐踩着温柔的泥，

默读土地里的诗文:

春耕秋收，所以春华秋实。

## 寂寞的乡

故乡的瓦房

披着细雨轻纱

婉转飘摇的炊烟

似你

温柔将我围绕


院里，母亲殷勤饲养着

一只南来的燕子

我用竹篱笆圈起一片土地

把陈旧的诗篇种下去

在夏末夜幕中

满庭都是皲裂的火红石榴

痛苦和爱情也都挂满了枝头

故乡，夜风吹来清寒

田里稻子低下头

惊起水的涟漪

寂寞晕染了整整一个夜晚

迟迟不肯退去

## 一颗梨

在缤纷的果园里
我是颗酸涩的梨
相貌歪曲，口齿不清


秋天逼迫我坠落，腐烂
可是我还无力偿还
大地、雨水和时间慷慨的赏赐


那么，
让我和秋天一起悬在空中
在层层白云下，
让阳光直直照进心里

## 祖父曾说

祖父曾说，人死了，灵魂会变成蜘蛛，

继续结网，继续垂着一滴露水。

如今，他已沉默了十二年，

回报着土地的恩情，相爱相拥。

祖母说，那露水是他生前未流下的泪，

父亲说，那露水是他生前未流尽的汗。


祖父曾说，人死了，灵魂会变成蛇，

继续爬行，继续吐着舌头探寻。

如今，他已沉默了十二年，

忘了所有的疲惫，欢乐而无情。

祖母说，他忘了一切，如今也没了我。

父亲说，他铭记所有，如今只是不说。

祖父曾说，人死了，灵魂会变成蒿草，

继续扎根，迎着太阳繁荣。

如今，他已沉默了十二年，

不生火，也不咳嗽。

祖母说，他还没有告别，他是不辞而别。

父亲说，他还没有离开，他还在走廊抽烟。

## 蹲　着

把记忆的碎片
拼接成一只搪瓷口缸，
盛水，安顿。


那些唇红齿白的梦，
像一只只飞回北方的候鸟，
去了，便不见了踪迹。


蹲着，散漫于无边的秋天。
蹲着，收获草地的浓香。
蹲着，便不再站起来。

## 熟　睡

白昼吐出腥臭的黏液

空气呆滞地躺在我身旁

像一湾绝望的湖

没有漾起丝毫斑斓多姿


风筝的竹骨被包裹

只是垂死的眼神

让人不自觉地心生可怜


我要睡在幽香的暗夜

睡到太阳当空

等孩子的牧笛抬起风声

灯光照耀的温柔也沉睡

如果凝露的枝头

长起麻雀打情骂俏的嘴

也请让我歌唱

白兰花一般地歌唱：

我只爱山坡

被号叫的枯藤爬遍

# 门

门外的路，

笔直而陡峭。

门还是坚决地糊涂着，

摇晃。


万家灯火，

我驮着自己的尸体，

走出门。


我不要刀，

也不要剑，

我渴望一把斧头。

## 陌生人

在故乡，田埂温婉，

遍地都是陌生人。

陌生人，你可曾记得我来过？

来过你的花园，

来过你昏黄的眸，

来过你的山和水。


陌生的城市和更陌生的人，

我没有方向，

只有柏油路横在胸腔。

陌生人，你可曾记得我来过？

来过你的花园，

来过你昏黄的眸，

来过你的山和水。

# 恒　星

初秋，高原冷清，

金沙江漫过野草的腹部，

恒星如尘埃落寞。

若明若暗的你，

沉默中，咀嚼青稞，

沉默恰如一支冷枪。


红色的唇诵经，

红色的果实丰腴，

红色的山茶花熄灭。

酥油灯悬挂着微光，

有人步上神坛，

有人走下神坛。

晨光，你从来寂静。

庭院里牡丹盛开，

庭院里鸡鸣天下白，

庭院里季节徘徊，

柴火正如恒星闪烁，

哔哔剥剥，

熏黑了茶壶。

## 鹅卵石

光滑、坚硬、肥胖，

鹅卵石没有语言，

鹅卵石也没有自己的姓名。


阳光，是一汪刺眼的湖。

水，淌过鹅卵石，

水，淌过我的身体。

## 写在硬座车厢

时间徒劳，

穿越一个又一个隧道。

硬朗的车轮碾压着山脉，

黑夜，让寂寞更加明亮。


方便面滚着油光，

热水烫开一席晚宴。

他包裹里的被褥发霉，

搪瓷口缸满脸斑驳，

却永远都不会生锈。


偶然的灯刺痛眼睛。

车窗外，

马群越过群山，

喘着粗气。




命运，是一道干涸的唇。

## 哑口无言

白天，悲哀是一只忙碌的鸽子，
自由、尊严、洁白地飞。
呼吸的声音，
车轮碾过雨水的声音，
清晰，明白。
可是，我哑口无言。


凌晨四点的街道，
灯光近乎昏厥的疲惫，
楼房偶有霓虹装点，
酒过三巡，推心置腹，
可是，夜哑口无言。

在深夜，他们反刍孤独，

悲哀，以及悲哀之后胃疼。

狂热，狂热地呼喊，

呼喊一切应该被敬畏的历史，

可是，天空哑口无言。

## 我离故乡两百公里

昆明天黑，

故乡的灯想也渐明。

天是同样的天，

只是阴晴不定。

此时此地雨故乡晴，

彼时故乡雪此地阴。


夜已昏沉，

道路如水温柔。

我离故乡两百公里。

时间拉长距离，

距离拉长距离，

往返是无尽的四百公里。

窗外的树梢死寂，

唯独余夜里的你，

茕茕孑立，遥遥无期。

呵，

故乡离我两百公里，

我离故乡两百公里。

## 给父亲

只有一条路

可以回到故乡

在五月

用生锈的镰刀收割麦子


你的母亲

我的祖母

去了

你走在路上

故乡纵横的沟壑

倒映在你脸上


你本该哭泣的

你却闷头抽烟

任凭沉默

长成一棵树

## 没有故乡


故乡是一支青花大碗，

装着金黄玉米。

脱壳的稻谷肌肤洁白，

从烟囱流淌出一条悠悠的河。

木柴燃烧的香气，

也从黄昏里缓缓淌了出来。

老迈的核桃树郁郁葱葱，

风吹过，果实就落下来。


故乡是一个失败了的母亲。

红砖裸露的墙，

挂着粗糙的水泥疙瘩。

炉火已几近枯萎，

焦躁中一张辛辣的嘴，

沉默里一宿无力的眼，

她熬过冬天的毛衣不再温暖。


故乡是一夜滂沱大雨。

山水在四季中，

绿了又黄，黄了又绿。

人来了一茬，走了一茬，

墓碑和蒿草一样繁荣。

当道路穿过村庄的中心，

我轻易回到故乡，

才发现早已没有故乡。

## 叹息，请不要叹息

我在夜里叹息，

清晨却回赠我微笑。

时间泛滥，

酒水用隆重的苦涩

驱散了睡意。


晌午，故乡的麦子

摇晃着，摇晃着

叹息，叹息

粮仓被老鼠打了三个洞。


我在夜里叹息，

大地却回赠我微笑。

叹息，请不要叹息，

请让月亮失聪，

听不进我的叹息。

# 长　途

路和路的枝干，

我和我的枝干，

都在春天，呼吸，愤怒，

挤出芽，挤出花骨朵。

雨水落下，春天便醒来。


路和路的躯壳，

我和我的躯壳，

都在边境，缺水，粗糙，干裂，

溢出疼痛，结出疤痕。

长途曲折，所有道路都醒来。

# 我的天空


## （一）


那来自南方的潮湿的风

为我捎来故乡的音容

当祖父耕作过的土地哺育的

我的生命和寂寞

像茁壮的太阳东升西落

天空也爬上了健硕的雷电


## （二）


森林与高楼抢夺的疲倦的土地

把天空视为自己私藏的镜子

美与虚伪参差交错的角斗中

自由成了得利的老朽的渔翁

天空——我辽远的隐秘故乡啊

为何遥遥相望却音讯全无




（三）


晨光是一条清香的小河

更有微笑的风铃悦耳

为枯寒的云抹上变幻的颜色

还凝着清霜的太阳呵

也收回你多情的沉默吧

# 迎　接

当我告别你的时候，
雾霾侵占天空。
野心家打开智囊，
露出黝黑的牙齿。


白昼周到地迎接我。
车轮寂寞的滚动，
路灯寂寞的安详，
信心，忍耐以及寂寞，
都是时间慷慨的馈赠。


如果你还在，
在夏天摆动尾鳍，

在河边燃一盆篝火，

争夺真实的时间，

争夺所有自由的呼声，

那么，我不会沉默如水。


所以，我热情地迎接黑夜，

就像迎接一个久别的你。

于夜尽处无尽地彷徨，

从身体里挤出一句叹息：

你说你是故乡的过客，

告别，或者没有告别都无妨。

# 无　声

我用目光投入含血的体验，

奔走在午夜的深渊。

车轮狂喜，星光沉寂，

黄河停顿在村庄安静的灯火中。

看贫瘠的土地上熟睡的人，

时间消亡在疲惫中。

是的，疲惫没有回声。

是的，疲惫从来都没有回声。


我用手掌抚摸残废的土墙，

贫穷是历史沉落的纯白忧伤。

彤云似鸟，山风高爽

掠过我的广袤的夜空。

车轮狂喜，星光沉寂，

摇曳的经幡荡开清寒，

牦牛踩踏着慈祥的无声的土地。

是的，土地没有声音。

是的，土地从来都没有声音。

## 虎跳峡的水

水，是清醒的。
白昼或是黑夜，
水都流淌。


金沙江从远古而来，
在虎跳峡
溢出血红色的悲哀。


水，极尽奔跑：
扭着腰肢，
裸露乳房。


水，因山而雄壮。

## 冰冷的血浆流动


平庸的云朵汹涌，

漫过山峦的脊。

电线杆一根接着一根，

僵硬矗立，

河流忸怩延伸，

冰冷的血浆流动。



在时间的野地里，

巨大的岩石堆砌

一座繁荣的岛。

村民的手掌粗糙，

金钱与金钱无间摩擦，

冰冷的血浆流动。

夜里，街头巷尾都发光。

当冬天掠过今天，

火车隆隆穿过荒原，

冰冷的血浆流动。


从村庄到村庄，

从城市到城市，

从白昼到白昼，

从深渊到更深的深渊，

让无力继续无力。

1992年，一位母亲挂了一块床单当背景和儿子合影。

河水退去，一条船停在了河床上。

故乡，瓦面和土墙是永远的记忆。

山野间，牧羊人穿着化肥口袋做成的雨衣。

一户人家守丧，挽联被风扯掉，剩下门芯上的"悲痛"。

遗落废墟上的缝纫机，曾是许多农村妇女的宝贝家什。

北方，河流扭曲，远处一座工厂在冒烟。

于生活而言，爱情只是一季春耕。

两手相扣，线条缠绕构成一件温暖的"雕塑"。

只有一条路，可以回到故乡。

| 写给爱情

## 你知道的

你知道的，太阳在烘烤我的尸体。

我那没有生命的肉身，

在静夜，露出河流的光彩。

死寂，窗外睡着无穷的风景，

灵魂安息或者澎湃，像一阵风。


你知道的，故乡有偏僻的田园。

每个干燥的下午，

我都要收割青春的稻谷。

因为一瓶白兰地，

因为爱情是凄凉的雨水。

于是，我沉默如海。

你知道的，我不善辞令，

而我一直都狂妄地走在人群中，

歌唱。

连生命都是一个谎言，

我还有什么真挚的赞美。

## 秋　天

风吹到秋天，
抹红柿子的脸。
她丰腴的唇，
又软，又甜。


我想念秋柿子，
她从枝头坠落，
和大地相拥而泣，
吐出一颗火的心脏。


哦，这金发碧眼的秋，
仿佛要将一切都收获，
连同我的喜庆和悲哀。

## 秘密恋人

你捧着一个秘密，
手心温凉如早春。
在月光安慰城市的时候，
你都会慢慢地松手。


旧书店打烊前，
你挑剔着每一本书。
书名美好，
才伸手去翻，
灰尘挂上你裙角。


不是一杯枯燥的茶，
也不是一片惊险的海，

你恰是一湾浅浅的湖。

安逸、喜悦，跟随时间，

默不作声地守住自己。


你说你爱自己的阴影，

也爱一棵树的阴影，

爱它更大的宁静。

因为只要有光亮的地方，

它都会忠诚地随你。


我不该偷听你和自然的私语。

可是也如你所说，

无须遮掩，更无须回避，

思念和阳光一样温暖明亮。

## 同一万个夜晚一样

九月的秋结下霜，

寂静死在机器的声浪里。

今夜，同一万个夜晚一样，

月光朗照，风吹河岸的柳条。

今夜，同一万个夜晚一样，

月光朗照，狗还在叫。


今夜，同一万个夜晚一样，

辉煌的吊灯已灭，

火辣的玫瑰塞满酒瓶。

今夜，同一万个夜晚一样，

你在我身旁，

月光朗照，狗还在叫。

# 狂　奔

我生怕想你的思维像鬼，
见了光就灰飞烟灭。
缘于沉重的恐惧，
我无所事事，
只剩一堆狰狞的沉默。


我暗自想，
我们只在夜深人静时
赤条条相遇，
沿着绿油油的无垠的庄稼地
——狂奔。

## 挂在黄昏的月牙

张罗了一夜，

把记忆倒出来畅饮，

一分钟掠过四季，

又一分钟，

又遗忘了未来。


羊群爬过山坡，

你的笑，

是我挂在黄昏的月牙。

我的梦，

是你嬉闹的晚霞。


风，悄悄吹。

摇橹的老人点起灯，

我在江边，

枕着你的笑。

# 收　获

我们燃烧眼睛

在夜深处收割稻谷


星光之下

所有富丽堂皇的陈词，

都会因为虚伪而被鄙夷

唯有真实的你

蝉鸣般，一声声唤醒我


如果爱是一只勤劳的蜜蜂

那他一定会停在葵花的肩上

吸吮太阳的光

染上太阳的颜色

直到

收获你甜蜜的双唇

## 沉　没

假如我是幸福的，
我会哭泣。
用滴落的悲伤来浇灌
记忆的焰火。


恰巧我是痛苦的，
我在嬉笑。
把春天的黄昏研磨，
涂染辉煌的晚霞。


今天我是一块岩石，
随着河流奔波不息。
漂泊，我已厌倦了漂泊，

沉没在爱情的掌心。


诸神都在饮酒，

唯独我歌唱。

谷雨，或者中秋，

我的疆土荒芜，

大雪是我一生的丰收。

## 梦见你

那时候，时光垂露，

悬挂着太阳的温暖。

我抱着一块礁石，

就像抱着蔚蓝的海水，

沉沉枯坐。

你走来，推开寒冷的晨雾，

坐我身旁，听我沉默。


多瑙河，

我的记忆流向远方。

雪花盛开在我的身旁，

夜色袭来，

我遗忘了过去，

也遗忘了未来。

同许多个温柔的夜晚一样，

今夜没有北风，

没有西伯利亚狡猾的猎人。

于是，我铺开漫纸的洁白，

悄悄为你写下诗行：

我梦见你的眼睛，

就像梦见我的故乡。

## 写在夜雨中

只是殷红的唇

才能读出赞美春天的诗

可是，没有白鸽

也没有收信人的门牌


你的身影

像沉默、扑不灭的火

如这场迟到的春雨

遥遥地起舞，飞翔

浸透清晨

几番将我淋湿

## 相　逢


我从遥远的瓦尔登湖中醒来，

黑夜弥漫着寒冷的尘土。

徒步于这个灰色的城市，

我没有安身之所。

工地上的亮光让我失明，

陈旧的橱窗里放映着一场默剧。



崎岖的，是我的沉默，

漫长的，是你的眸光。

那些古老的永无止境的忧愁，

又如何与你诉说？



当又一个太阳升起来，

麦哲伦的航船同我一道

在澎湃的迷雾里奔走。

然而，我的一切的奔走

只有撒哈拉热切又干渴的土地

为我承载步伐。


神秘的葡萄园里，

通往故乡的幽径在哪里？

我曾一度忠诚于寒冷，

沉迷于细瘦的生命之舟。

直到我背负沉重的病痛与你相逢，

又一个太阳又一次温暖了群山。

## 时间没有逝去

书翻了一页、又一页

越来越重。

直到我用尽了青春，

燃尽了黑夜，

雅鲁藏布江泻尽了东流的水，

——时间没有逝去，

重复的是凌晨三点的幻象：

你是鲜艳的阳光，

默默照耀我的疲惫。


当我路过一条没有路灯的路，

遇见一个遇见我的女孩，

她对着灌木丛深情地歌唱，

直到我离开，她才离开。

时间没有逝去，

在我褪去了色彩的瞳孔中：

你是鲜艳的阳光，

默默照耀我的怀念。


往事如雨，把窗户敲响，

一道山脉横亘在我胸腔，

冰雪封冻了山巅。

我的塔克拉玛干一望无垠，

我的底格里斯河奔流不息，

——时间没有逝去，

在疼痛的没有信仰的深夜里：

你是鲜艳的阳光，

默默照耀我的孤独。

# 坠　落

已经消耗了整个秋天，

我和落叶一起坠落下来。

腐朽记忆难以忍受的气味，

空洞现实哑然失笑的表演，

未来也散发出了傲慢的寒冷。

当我沉默地咀嚼着一腔怒火，

真的，

我不知道从何说起，

一切都远去了。


昨天，我杀害了一位诗人。

因为他妄自燃烧，活得清醒；

因为他铁石心肠，执迷不悟。

当岩石滚落山崖，

暴风也吹奏葬歌，

让我在幸福中堕落。

## 怒　火

无论是黑夜囚禁了我
还是我囚禁了黑夜
星星都是遥远的
沉默如我的眼睛


无论是星空释放了我
还是我释放了星空
镣铐都是铁打的
沉默如我的双腿


无论是今天下雪
还是冬天下雪
雪花都是漂泊的

沉默如我的故乡

无论是大地流亡
还是梦想流亡
道路都是疼痛的
沉默如我的血脉

无论信仰是虚无的
还是翔实的
山峦都是跳跃的
恩慈如我的母亲

无论女神是高傲的
还是谦卑的
面纱都是虚掩的
爱情如我的怒火

## 沉　默

昙花谢了
我是陌生人
黄色的脸垂着
沉默
燃烧喉咙

山水相连
你读不懂我
我读不懂夜色
沉默
河床干枯

故乡远
她更远
晨星更远

我远在天边

沉默

一滴露水坠落

## 致爱神

我的爱神

为黑夜的儿子点灯

我的爱神

为沉默的星空祝福

为孤独的村庄抹上余温


我的爱神

为幸福的人喝杯烈酒

我的爱神

为迷路的松鼠指路

我的爱神

为西风献上热吻

## 空空如也


闲暇时阳光落下来，
刚刚踱过窗户，
和风一道走进堂屋，
空空荡荡，坐下来。


风温柔地推开你，
玫瑰悠悠开，
玫瑰燃烧，
玫瑰化为灰烬，
玫瑰曾是墓碑前的红花。


我渴望草原丰腴肥美，
雨水灌溉饥渴的午夜，

秋天把土地染成金色。

可是，

天空中没有一颗星，

空空如我。


梦寐以求的夏天，

不真实，那就是表演；

不真实，那就是虚伪。

# 光

喧哗，被烈酒消灭在酒杯里。

当星光照耀陆地，

——我又将抵达悲伤，

窗外沉默的山脉横着。


唯独是一束光，

她雨水般娇嫩的皮肤，

她的明亮，

刺痛我的眼睛。

## 比黑夜还漫长

雨水和夜一起降落下来，
冬天降落到我的头上。
昨天，黄昏漫过山峦时，
风吹裂了我的思念。


整个白昼都叫嚣不休，
是多余的灯光给我安慰。
深冬瓦尔登湖结冰了，
踩踏着澄净的湖面：
"天空在我们脚下，
就如同在我们头顶"。


星河、礁石、坟墓，

月光辉煌，

爱情和命运一样，

比黑夜还漫长。

# 抽　烟

我浸在烟圈里，

呼吸，

沉默，

干咳，

甜蜜。


任烟灰凝结，

扯长，

折断，

跌落，

无声。

## 隔　绝

此刻，已不再害怕沉默，

只是空气连接你和我。

当春天遇见了黄昏，

季节从不低头。

隔着一条漫长的河，

你是陌生，是熟悉的隔绝。


安静到绝望的夜啊

让白昼一切的喧嚣熄灭。

一只洁白鸽子安息，

灯光下墙壁泛白，

灯光下漂流的人们失明。

## 遗　憾

还没有回头

落叶就淹没了记忆

深秋的风

深秋的雨

跳动着的心脏

一起随着夜幕降落


遗憾的是

阳春三月没有踏青

没有吻你的双唇

山顶

除了幻想的云

什么都没有

时间走了就走了

我走了也就走了

走在苍白的灯光里

大地温柔　呼吸珍贵

# 写给我

## 我和我

我和你，

我和你们，

我和我们，

我和我，

开始争吵，

无休止地争吵。


夜在死寂中沉默。

原来生活就是

我和我。

又是谁说过

永囚于自我？

原来生活就是

我和我。

# 承　受

买了一块手表，

秒针旋转着。

伴着回声，

是小鸡啄米的脆响。

姐姐告诉我那是时间。

我说不是，

那是承受。

# 自　由

房间里透明的玻璃缸

酿造着鱼儿的欢乐

它疾游

撞破了水


威逼的风

绝情打我耳光

雾霾

把天穹和土地都拉拢

把脊椎压成一道弓


我想自由

时间轻蔑地说

自由已死

而我说

自由在来的路上

只要一支箭

就能射穿监狱的胸腔

## 死掉的眼睛

或许记忆深处横卧着亡灵

死掉的眼睛窥不到活泼的魂

——只当是生与死的倒置

暗夜里的长梦翩翩

悲哭又怎唤得醒凄凉的土地


风扇一直在响

送出的虚伪的风

逗笑了厉鬼

褴褛衣衫蜕成夜的穗子

充盈着火光和寒风

饥饿的唇溢出了葡萄的汁水

彼时已是落英缤纷

红霞烧亮天边的起伏

死掉的眼睛

不再哭泣

不再明亮

血管阻塞

骨骼也被雕塑成永远的贫穷

# 重　复

在重复着

重复着滚动的头颅

一只车轮重复着

已有人走过的路


在重复着

重复着饥饿的嘴唇

一个大喇叭重复着

已有人说过的话


在重复着

重复着历史的孱弱

一架纸飞机重复着

已有人飞过的航线


在重复着
重复着经典的预言
狂笑的死囚重复着
已有人受过的苦刑


在重复着
重复着文明的历程
太阳重复着东升西落
一个白昼烧焦一个我
原来
除了太阳我一无所有

## 虚　伪

我顶着一颗饥饿的人头，

走在一条更加饥饿的街道上。

橱窗里摆着成年的魔鬼：

她脸上堆着殷勤的笑容，

她唾液发霉，

虚伪的唇舌闪着血腥的红。


你喧哗，

你空空如也，

我寂静，

我空空如也。

同是卑怯的脸，

滑稽如小丑，

毫无幽默可言。

虚伪的大船，

高悬着英雄的帆。

西南风一如既往，

怯生生地来，

怯生生地走。

## 雄狮、天鹅和我

雄狮睡了。

雄狮醉了。

雄狮流浪了。

他醒着，

并且迷路。


天鹅飞了。

天鹅流泪了。

天鹅坠毁了。

星星像羊羔一般，

纯洁，奔走。

大地的奴仆，

如我，沉默。

## 日照金山

门口的花朵苍白，
坟头的花朵苍白。
尽管辉煌满眼，
失语的人，
始终面色苍白。


风撕咬衣领，
台阶顺着黄昏漫延。
门没有锁，
喉咙紧锁，
深冬的雾气苍白。

日照金山，

是年复一年的景。

日出，雪山锋芒毕露，

可是，雪山亘古苍白。

## 拒　绝

颤抖的情欲一样，
清晨弥漫开来。
风吹面颊，
羸弱的人，
要忍住伤寒。


曾说过的未来，
却自残于现在，
你叫我如何怀抱未来。
曾说过的未来，
也蜕成了现在，
你叫我如何拒绝未来。

# 空　洞

机器仍在轰鸣，

白炽灯撒下透亮的光。

飘风抚摩着我的身躯，

在监牢围困的年轻的岁月，

在被背弃的世界里，

生活蹑足而来，

一切言语都要背负空洞的骂名。


腊月早春，

在树起了欲死的决心之前，

怀念传奇故事的灰白云雾，

怀念挣扎幸福的金色号角，

怀念蓝蓝山丘上兴旺的痛苦，

而后，忘却，

从一个监狱逃向另一个监狱。

# 北　风

正当我年轻

独行在夕阳的光辉中

白鸟是放飞的记忆

那破败的小船

是我流放的想念

停在今日的青海湖边


阳光遍地

我们擦肩而过

篝火是子夜的烛光

风吹乱音符

水，流过草原的胸脯

沉默是撒满星辰的夜幕

西北遍野苍黄

羊群爬上岩石

草地露出繁杂的根系

纵马平川

北风，是我流放的想念

# 石　屋

月光随雨水冷淡下来，

我的石屋僵硬，

我的北风依然。

姐姐没有呼唤我，

是山谷太深吞没了呼唤。

姐姐没有呼唤我，

是雨水漫长隔断了声音，

姐姐始终没有呼唤我。


月光没有言语，

我的梦境荒无人烟。

草原上烈马悲鸣，

我的石屋僵硬，

我的北风依然，

窗台悬挂的春也被风吹干。

## 又一个哮喘病人

繁荣的寂寞之城里，

我看到窗户被锁死，

光线被切割，

已流血。

在这个垂死的黑夜里，

又一个哮喘病人耗尽了灯光。


我开始厌恶自己，

甚至不知不觉痛恨自己，

都是由于我长了双眼睛，

目睹生活和死亡。


油漆粉刷春天，

空气中充斥复杂的异味。

人们凝聚在夜晚狂欢,

直到街灯疲惫。

在这个垂死的黑夜,

又一个哮喘病人耗尽了灯光。

# 死　亡

我要修补我的棺材，

让它再盛装些米粒，

喂养我对死亡的等待，

甚至是渴盼。

也是祖母的乳汁

像米粒串起我的绝望。

——被机枪扫射。

——被石头切割。

——被猎鹰啄食。

——被大风吹散。



太阳，请赐我幸福的思想。

让头颅高挂，

就像烈日当空。

——烫伤大地

——烘干我的足迹

——那转瞬即逝的，

又何止是生命、是诗篇？


幻梦遥远的天际坠落。

故乡泥土的魂魄坠落。

九月伶仃的星子坠落。

夜莺冰冷的沉默坠落。

请焚烧，我呐喊的喉咙。

请焚烧，我写下的诗篇。

请焚烧，我热恋的山河。

请焚烧，一切。

## 噩 梦

原本有夜，

夜里有梦。

梦到酒，

梦到女人，

梦到火，

梦到灰烬的叹息。


原本有夜，

夜里有梦。

梦见雨，

梦见她的白发，

梦见雪，

梦见坟墓爬上丘陵。

132

原本有夜，

夜里有梦。

梦见鬼，

梦见狗的欢腾，

梦见无数人，

梦见无声的惨叫。

## 梦的历史

时间荒芜的野地里，

风吹皱了河流，

旗杆上还没有旗。

少年仰望的眸光

是水，是星空的幻象。

是火，是干渴的故乡。


奔走，向着一座石碑。

风雨镌刻的墓志，

写着梦的历史。

烈酒蠕动着，

河流一样地悠长，

河流一样地有始有终。

## 通宵达旦

此刻昏黄的灯光照耀，

树叶落了一地，

泥土是记忆的冢。

我又该如何去写

堆积的遗憾和遗憾，

又怎能蒙上眼睛，

去对峙灯光和灯光。


楼房又高又密，

新鲜的风钻不进来，

贫血的人站不起来。

枯藤蔓延，

紧紧缠绕着双腿。

深夜冰冷，

令人清醒。

我只能握着沉默和沉默，

燃烧眼睛，

去点亮星星和星星。

## 守夜人

守夜人，

今夜没有言语。

墓畔的灵歌缓缓，

撕开酸涩的眼睛，

落雨的市镇夜风冷漠，

歌声死在洁白的病床上。


守夜人，

今夜霓虹熄灭。

祖先已经安息，

星光毫无踪迹可寻，

古老的村庄酣睡，

听凭呼吸悬在参差的雨水里。

守夜人，

今夜用尽一生。

烛光呢喃，

河水是处女的眼泪流淌，

饥渴的土地清醒，

命运横在连绵的咳嗽声中。

## 五月底

他们头颅上有旗

镰刀收割头颅

河水鲜红


山高水深

天黑雨落

生与生不同

死与死不同

彩装围绕篝火起舞


南方，五月底

花和花盛开

水和水边的浣洗

都安歇在我眼里

都死在我心里

## 微　小

在一个巨大的时代里，

你微小，且余生都微小。

仅凭地心引力去生存，

攀比幸福，

幸福地虚度余生。

历史毫无声息，

铺开巨大的浪潮，

甚至，

人类在自然面前佯装胜利了的姿态

信心满满，彼此祝福。

如果微小的人已失明，

那么，昼或夜都无妨，

你仅凭地心引力生存，

健美，或者臃肿，

高昂，站立在土地上，

就像蛆虫黏在一根木棍上。


今天，我们彼此祝福，

透过肥胖的身体，

用一副粗鲁的口气

谈论生活，

攀比痛苦的滋味。

## 虚　度

生活在一个密闭的玻璃容器中，

生活如水灌进来，

要憋住气，

探出头，

才能勉强维持呼吸。


空气紧张，绷着脸，

没有任何颜色可洞察。

睁开眼睛，

虚度的日子如此清晰，

闭上眼睛，

虚度的日子如此疼痛。

生活如水灌进来，

水流不止，

滴水穿石，

撞击每一秒都在老去的人们的心脏。

时间消磨勇气，

如今一切燃烧都已熄灭，

只有灰烬里躲着一粒火星，

忽闪忽闪。

## 枯萎

在浓密的树林里，
能否找到你，
找到我的身影？
麋鹿奔跑，
野草生长，
时间的溪曲折婉转。


在荒芜的田野里，
能否找到我，
找到我的脚印？
到秋天，
倾尽一生不过是迎来枯萎。

# 铁　匠

炊烟散尽

炉膛里火烧得很旺

风箱沉闷

铁匠又抡起锤子

锤打烧红的铁


铁匠要建一座铁房子

住进去就不出来了

锻打时

铁水溅到了腿上


忍痛熬过一夜

醒来，疼痛还在

却没有味蕾品尝疼痛

头颅还在

却没有锤子来敲打头颅

## 写给季节

去山坡上找，去暴雨里找，
去找那句我曾看过的却已忘记了的诗。
去海洋里找，去宇宙的暗影里找，
去找一只流浪的高飞的鸽子。


我忘了理由，忘了来时的路。
在无凭无据的失败和悲伤的夜里，
消灭一个我，立碑，道我是壮士；
消灭一个我，写传，说我是懦夫。


我与时空必将失败于不尽的嘈杂，
而诗歌必将属于胜利了的精神，

植入梯田、麦苗和太阳的光芒，

直到它们收获季节的恩赐。

## 梦的墓碑


太阳燃烧

太阳苍白

沉默是绵延的群山


命中疲倦的日子

昏睡在虚无的窥探中

幻想所有流离失所的人

穿过凝霜的夜

我像野狗一样的奔跑

忘掉故乡，忘掉她


梦是汪洋

小鱼儿的鳍能远渡重洋

彼岸有梦

彼岸竖着梦的墓碑

## 写在天台

你随我爬上天台，
看风卷来人潮。


你闭上眼细细听，
听风吹散人群的声音。

# 好友记

# 诗同故乡四季

诗歌是一种艺术表达形式，为自己而写，孤独的告白，却深深地呼唤着读者向诗人靠拢。黎鸿凯先生的诗作便是如此。

他是一名记者，爱写诗，十年磨一剑，终成一集。《告别故乡》用纪实和抒情的写法记下了一颗历经风霜而又炙热无比的游子心，他的诗歌中有对故土的眷恋、离乡的无奈，对爱情的憧憬、幸福的执着，也有着对生活的热情和对现实的思索。

诗人心，如同故乡四季。他毫不掩饰地释放着灵与魂交替中奔涌而出的欢喜、烦恼、哀伤、快乐。读诗如阅其人，他的诗歌让人心有同感，身临其境。正如袁枚先生在《随园诗话》中所述："其言动心，其色夺目，其味适口，其音悦耳，便是佳诗。"

在这个灵魂找不到安所、异乡喧哗、文明虚化的时代，黎鸿凯先生仍能坚持自己的诗歌创作是值得称赞的，特别是围绕着故乡而作的诗，让人读之如饮一瓢清泉。毕竟，故乡是生命的源头，也是精神的归宿，人生之路由此而散发。无论是作诗出集，或是现实生活，期待这位年轻的诗人在未来给我们带来更多的惊喜。

张照

# 在边外，轻抚故土原野的起伏

树梢茂密的枝，闪耀着不太耀目的金光。期待生命的再一次绽放，在未来的春天里，在微暖的春光中。生命里，痛苦夹带着欢乐，欢乐掺杂着痛苦，我们在前行中挣扎，在挣扎中前行，没有胆怯，曙光熹微。

没有与生俱来的高贵，也没有与生俱来的卑微，我们都是在挣扎中开创生活，不必等所有都准备好。抽烟，喝酒，四处漂泊，对生命的所有结局，我们有些迫不及待，幻想刀光剑影，幻想啼血相争，期待搏尽一生的时光，跨越生命的苦暖，拉近遥不可及的太阳。

灵魂的表白毫无虚伪，混沌的梦想，冷峻，放纵，都因真实而变得另类，被斥于世俗漩涡的边沿。那么，我们就坚守在边外吧。在边外，轻抚故土原野的起伏，花草的芳香迎面扑鼻。在边外，凝视街头鳞次栉比，玩味城市的冷暖。

我们都是在挣扎中开创生活的，我们更感恩生活回馈的全部美好。

李宜融

# 他写的是诗

当我拿到边外的诗稿时，我被他的才思所打动，所以才拿起我这支拙劣的笔，写下这些话。

现在人们的言论也算是自由了，至少在无关痛痒的诗歌方面。因为诗歌最是闲情逸致的东西，古人就有"为赋新词强说愁"的诗句，可见诗词是以抒情，赋兴为主的。词是以婉约为主流的，到了苏轼创造了豪放的词风，也是一种情感的抒发，只是内容从狭隘的离愁别绪，扩展到更广泛的社会内容。唐诗三百，或婉约，或豪迈，或闲适，或壮烈，都出自一个情字。写诗就是情的抒发与寄托。

一个人的性情，最能体现的莫过于他的言行，如能写一两句话的话，这一两句话必然一览无余地袒露他的人性与好恶的。我们读林徽因，便读出了诗一样的画面，读出一颗善良的心。读萧红，则读出一种沧桑的味道。读席慕蓉，则看到闲适的人生。

如今的诗歌可以说是泛滥了，而又成不了灾，最多也只是让我们的眼缭乱一下，眨眨眼就好了。而且，又陷在一个虚幻的世界，大家戴着面具，所以随便写句什么也无所谓。或者有的真的见了面，弄个诗歌会，当散了时，便产生一种幻灭感，像五彩的肥皂泡，啪的一声破了，只是一滴有点黏稠的肥皂水而已，它实际的作用应该是清除衣物上的污渍。

然而，将边外给我的诗稿一口气读完，我惊诧于一个青年的思想的沉重，甚至于有一种沧桑感。这沧桑来自经历，来自深刻的思考，而非来自时间。诗之于生命，之于人生，之于自由，之于爱情等等的思考，让我们看到了一个热烈的生命，一个渴望燃烧的青春，一个不屈的灵魂。

也许它们还是不成熟的，也许它们还需要完善，但是我们不可否认，它们是诗，是充满智慧的诗，充满着爱的诗，是青春的诗，是积极的诗，而不是颓废的无病呻吟。一个时代要有一个时代的诗人，一个时代的诗思，来反映我们这个时代的精神，也许这些诗还不具备这样的力量，可是，我相信它们将是一个巨大的开端。

真实永远是文学的生命，这些诗恰恰是诗人真实思想的写照，这些诗歌是诗人成长的足迹。假如你因为看了这本诗集，而爱上诗歌，则证明我的这些话没有虚诳。

我不是作家，也不是编辑，我只是一个读者，只是写了我一点点真实的感受而已。

绮霞

# 故乡云烟缭绕

　　我是几年前认识边外的。认识边外那天，他送我一本自己打印的诗集。在返回的地铁上，我就翻完了。那时的边外像许多满怀青春和梦想的文学青年一样，唱着自怨自艾的哀歌，写着自我青春的彷徨以及爱情生活中的大情小绪。在我遇到的诗歌爱好者中，有太多人停留在这个层面，也仅止于这个层面。

　　我一方面认识到诗歌是表达生命情感的一种古老的文学形式，因而每一个人都有写诗的资格。无论写得怎样，都是值得尊重的生命之歌。更何况在文化多元的时代，谁都没有资格用某一种僵死的标准去约束一个文学青年歌唱自己的青春和梦想。但另一方面作为一个比较典型的"学院派"文学研究者，我还是控制不住地要不断去追问和反思"诗歌的本质特征是什么"等类问题。在多次和年轻学子辩论式的探讨中，我们都发现，虽然我们以包容的心态面对所有人的诗歌书写，内心深处却根深蒂固地有着"优秀诗歌"的种种标准。我们不仅要求诗歌表达素朴的生命感受，还要求诗歌有一定的深度，有独特的表达形式，要求诗歌包含耐人寻味的东西。

　　基于这样的认识，我轻易不敢评判年轻诗人的诗歌，更不敢随便对一个以诗歌做伴青春的年轻诗人妄加评论。我担心自己肤浅的认识打击了年轻诗人表达的热情。因而几年后，当边外发来自己准备正式出版的诗集，并希望我说几句时，我非常客套地说很忙，不过也是真的忙。但是，随便翻看了几页他的诗歌后，我就兴奋起来，因为我发现边外已经不是几年前那个唱着一己之爱情的边外了！他自己的个性还在，但他的触角已经伸向了更为广阔的生活。他的诗已经不是"为赋新词强说愁"的稚嫩诗歌。于是，关于边外的诗，我要多说几句。

边外深深植根于故乡的泥土，带着对故乡的眷恋在歌唱。他诗中的游子是他自己，但又不只是"一己之小我"，边外超越了"小我"，他让我们感觉到那个"城市游子"是他，也是我们每一个人。他诗中的故乡是他日夜思念却走不回去的故乡，也是我们所有读者共同的精神家园。边外对爱情的歌唱包含着他个人的体验，但绝不是完全期期艾艾的个我化私人情感的倾倒。这可能正是苏珊·朗格所说的"艺术即人类情感符号形式的创造"。

边外的诗歌世界中，万事相通，万物都富有灵性。这可能首先来自他作为一个诗人对于世界的独特感知，同时也与他对于幻化和通感等艺术手法的运用有关。在《祖父曾说》中，诗人写道："祖父曾说，人死了，灵魂会变成蜘蛛，/继续结网，继续垂着一滴露水……人死了，灵魂会变成蛇，/继续爬行，继续吐着舌头探寻……人死了，灵魂会变成蒿草，/继续扎根，继续迎着太阳

160

繁荣。"这种对于死亡的解读延续了《庄子》中"万物幻化"的观念。不知边外有意化用了《庄子》，还是作为"万物幻化"的集体无意识借着诗人边外的笔得到了表达。在《无声》中，诗人写道："用目光投入含血的体验，/奔走在午夜的深渊。车轮狂喜，星光沉寂，/黄河停顿在村庄安静的灯火中。""车轮狂喜，星光沉寂，/摇曳的经幡荡开清寒，/牦牛踩踏着慈祥的无声的土地。"《挂在黄昏的月牙》中，诗人写道："我在江边，/枕着你的笑。"《收获》中，诗人写道："如果爱是一只勤劳的蜜蜂/那他一定会停在葵花的肩上/吸吮太阳的光……"《熟睡》中："我只爱山坡/被号叫的枯藤爬遍。"在边外的笔下，我们看到车轮狂喜，星光沉寂；看到蜜蜂停在葵花的肩上，山坡被号叫的枯藤爬遍。世界上的万事万物有着内在的相通性，而且毫无违和感。

在边外的诗中，最耐人寻味的通感则在于，他感到故乡和爱情之间有一种特殊的相关性。在《梦见你》中，诗人写道："我梦见你的眼睛，/就像梦见我的故乡。"《沉默》中："山水相连/你读不懂我/我读不懂夜色/沉默/河床干枯。"《隔绝》中："此刻，已不再害怕沉默，/只是空气连接你和我。/当春天遇见了黄昏，/季节从不低头。/隔着一条漫长的河，/你是陌生，是熟悉的隔绝。"这些诗句表达了一种恍惚迷离的情感体验，那个爱恋的对象，既像是一个梦中情人，又显然是故乡。爱情如同故乡一样遥远，一样沉默，一样既近又远。

边外诗歌中的故乡有着独特的美感。他诗歌中的故乡由几种色彩构成，但又被笼罩在一层淡淡的愁绪和淡淡的、迷蒙的烟雾之中。"山水在四季中，/绿了又黄，黄了又绿"（《没有故乡》）这是黄色和绿色的故乡；"在夏末夜幕中/满庭都是皲裂的火红石榴"（《寂寞的乡》）、"红色的果实丰腴，/红色的山茶花熄灭。"（《恒星》）这是红色的故乡；"柴火正如恒星闪烁，/哔哔剥剥，/熏黑了茶壶"（《恒星》）这是黑色的故乡。边外的诗中云烟缭绕，这云烟既是山野乡村独有的云烟，也是淡淡的愁绪，还是朦胧的梦境。《春耕》中诗人写道："那是很多个布着浓雾的清晨，/春光为山村披上辉煌的丝巾。"《寂寞的乡》中写道："故乡的瓦房/披着细雨轻纱/婉转飘摇的炊烟……寂寞晕染了整整一个夜晚/迟迟不肯退去"这些诗句中的云烟，既是乡村的浓雾和春光交织在一起构成的美丽景象，也是细雨和炊烟相互浸染的宁静气息，还是乡村的落寞和诗人的孤独感扭结在一起形成的特殊氛围。边外的诗因着这云烟而朦胧、落寞、辽远。边外的诗中故乡有着朦胧的美，这既是故乡本来的面目，也是与故乡保持了一定距离的游子记忆模糊性的体现。

愿边外诗中的故乡永远朦胧而美丽，也愿边外沿着诗歌之路能走进梦中的故乡，能真切感受到和他呢喃对话的精神故乡，并成就更好的自己。

中央民族大学文传学院教授　陈莉

2018年9月22日于京郊高教园

图书在版编目（ＣＩＰ）数据

告别故乡：边外 2007-2017 诗选 / 黎鸿凯著. -- 武
汉：长江文艺出版社，2019.5
ISBN 978-7-5702-0895-1

Ⅰ. ①告… Ⅱ. ①黎… Ⅲ. ①诗集－中国－当代
Ⅳ. ①I227

中国版本图书馆 CIP 数据核字(2019)第 033117 号


责任编辑：胡　璇　　　　　　　责任校对：毛　娟
封面设计：三　川　　　　　　　责任印制：邱　莉　　王光兴

出版：　长江出版传媒　　长江文艺出版社
地址：武汉市雄楚大街 268 号　　　邮编：430070
发行：长江文艺出版社
http://www.cjlap.com
印刷：昆明精妙印务有限公司


开本：880 毫米×1230 毫米　　　1/32　　印张：5.375　　插页：2 页
版次：2019 年 5 月第 1 版　　　　2019 年 5 月第 1 次印刷
行数：2104 行


定价：32.00 元